Siruza y Tú

Paloma Bordons

Siruza y Tú

edebé

© Paloma Bordons, 2007

© Ed. Cast.: edebé, 2007
Paseo de San Juan Bosco, 62
08017 Barcelona
www.edebe.com

Directora de la colección: Reina Duarte
Diseño de las cubiertas: César Farrés
Ilustraciones: Rocío Martínez

1.ª edición, abril 2007

ISBN 978-84-236-8345-1
Depósito Legal: B. 272-2007
Impreso en España
Printed in Spain
EGS - Rosario, 2 - Barcelona

Índice

1
El encuentro

El islote era tan pequeño que el barco estuvo a punto de chocar contra él.

—¡Un pegote de tierra a la vista! —anunció el vigía.

Todos los marineros querían bajar a la vez a pisar tierra firme, porque hacía varias semanas que navegaban sin tocar puerto. Pero no cabían, así que el Capitán les ordenó bajar en turnos de a dos. Como eran impares, el último marinero bajó solo. Y los demás ni siquiera lo esperaron para cenar. Desde la isla le llegaba el aroma de la cebolla retostada, el ruido de la vajilla, las risas de los compañeros.

—Estas cosas sólo me pasan a mí —suspiró tristemente.

—¿Qué cosas? —preguntó una sirena que surgió del agua.

—Cuando toca cenar, se olvidan de que existo. Cuando hay que hacer parejas, me quedo solo.

—No estás solo —dijo la sirena—. Estoy yo.

—¿Y quién eres tú?

—Una sirena Siruza.

—¡Una sirena! ¿Ves? —el marinero se echó las manos a la cabeza—. ¡Estas cosas sólo me pasan a mí!

—¿Qué cosas? —preguntó la sirena.

—Pues eso: llegar a una isla desierta y encontrarme con una sirena.

—Y no una sirena cualquiera, sino una sirena Siruza —puntualizó la sirena—. Sirenas de otras especies las hay a mares, pero yo estoy en vías de extinción: soy la única sirena con cola de merluza que queda —agitó su cola, coqueta—. ¿Qué te parece?

—No es por ofender —balbució él—, pero me gustan más las piernas.

—Pues a mí las piernas me dan grima —replicó la sirena—. Sobre todo si tienen pelos —miró con un mohín de disgusto las piernas peludas del marinero, que llevaba pantalones cortos.

Se quedaron en silencio mirándose el uno a la otra. Y salvo la cola y las piernas, se gustaron. Pero cuando estaban así, bien a gusto gustándose, llamaron al marinero:

—¡Tú! ¡Espabila, que nos vamos!

Y el marinero se fue a toda prisa. Temía que sus compañeros lo dejaran en el islote, no por mala idea, sino porque ése era el tipo de cosas que solían pasarle a él. Ya una vez se lo habían dejado olvidado en el puerto de Paramaribo. Todo el mundo lo olvidaba con mucha facilidad. Ni siquiera lograban aprenderse su nombre. Cuando le llamaban, le decían Tú. Cuando hablaban de él, le señalaban con el dedo, le llamaban Éste, o El de ahí. Y si no estaba delante… Si no estaba delante, no se acordaban de hablar de él.

No le habían guardado cena. Tú rebañó la olla de los espaguetis en la cocina del barco y se fue a acostar. Estuvo mucho rato tumbado en su litera boca arriba con los ojos abiertos. Se sentía raro. Pensaba en la sirena y algo le quemaba por dentro.

—Los espaguetis tenían demasiada cebolla —se dijo.

Cuando al fin se durmió, fue en sueños hasta el islote donde se había encontrado con la sirena Siruza. Ella estaba allí, peinándose su larga cabellera, roja y enmarañada, con una raspa de pescado.

—¡Por fin, requisquillas! —exclamó la sirena—. Ya creía que no vendrías.

—He tardado mucho en dormirme —se excusó Tú—. Creo que ha sido por culpa de la cebolla.

—¿Por culpa de la cebolla? —repitió Siruza.

Y sus ojos saltones de merluza se hicieron más saltones todavía con la curiosidad.

Como en el mar no hay cebollas, la sirena nunca había visto una.

—Sí. La cebolla se me repite y me arde aquí dentro —el marinero se tocó el pecho.

—¿Y es contagiosa la cebolla?

—¿Contagiosa?

—Debe de serlo, porque me la has pegado —continuó Siruza—. Desde que nos encontramos, se me repite tu cara y entonces me arde donde a ti —también ella se tocó el pecho.

—Pero la cebolla no se contagia...

—Bah, no tienes por qué disculparte —le interrumpió ella—. Aunque arde, encuentro que es una sensación agradable. ¿Tú no?

Tú estaba hecho un lío, pero tuvo que admitir que él también sentía algo agradable. Siruza sonrió, tendiéndole los brazos.

—Acércate. Total, ya estoy contagiada.

Tú se acercó y probablemente luego pasó algo, aunque a la mañana siguiente al despertarse no se acordaba de qué. Sólo le quedaba un cosquilleo en la tripa, una sonrisa en los labios y el recuerdo de un tacto resbaloso en la punta de los dedos.

2
El encebollamiento

Tú y Siruza empezaron a citarse cada noche en sueños en el islote.

—Creo que me has encebollado —dijo un día Siruza.

Decididamente, Siruza tenía una idea algo confundida de lo que era una cebolla. Tú se lo iba a aclarar, pero luego se lo pensó mejor.

—Yo también estoy encebollado de ti —admitió riendo.

Siempre se encontraban al borde de la playa, donde rompen las olas. Así no estaban del todo en tierra firme ni del todo en el mar. Es que Siruza se sentía torpe en la arena a causa de su cola, y Tú, aun siendo marinero, tenía miedo al agua.

En sus sueños, Tú y Siruza hacían brillar el sol o caer la noche a su antojo. Por la noche, Tú plantaba en el cielo una cebolla cortada por la mitad, en el lugar de la luna.

Al marinero le gustaba peinar la cabellera roja y enmarañada de Siruza. Encontraba enredados en ella caracoles, lapas y bígaros. La adornaba con estrellas de mar. Mientras la peinaba, hablaban de cosas absurdas, como suele pasar en los sueños y en los casos de encebollamiento severo. Se reían mucho.

Mientras tanto, el barco se iba alejando cada día un poco más de la isla; pero Tú la alcanzaba en sueños todas las noches, y al despertar, estaba de vuelta en su litera, fresco como un chanquete recién pescado.

Tú solía encargarse de las tareas más ingratas a bordo, porque esas cosas siempre le pasaban a él, pero no le importaba. A la salida del sol ya estaba fregando la cubierta, mientras silbaba melodías que no sabía que sabía. Posiblemente se las habría cantado la sirena

en sueños. Cuando se levantaba el Capitán, el suelo brillaba como el mar a mediodía y Tú había sacado brillo hasta al ancla.

Pero ocurre que el Capitán tenía muy mal despertar. El resplandor de los metales bruñidos en cubierta cegaba sus ojos aún legañosos, y entonces rugía:

—¡Botarate! ¿Acaso me quieres dejar ciego?

Ya podía rugir. A Tú, que antes era muy timorato, ahora le importaban una chirla los gritos del Capitán.

En cambio había una cosa que le empezaba a preocupar: sus encuentros con Siruza se iban acortando, porque la sirena llegaba cada noche un poco más tarde. Tú no le preguntaba la razón, ni ella se disculpaba. Los sueños no están hechos para dar explicaciones.

Finalmente una noche Siruza no apareció. Ni a la noche siguiente, ni a la otra. Tú sufría. Se le notaba en la cara y en lo sucio que estaba el suelo de cubierta. Pasaba las noches en blanco pensando:

«Se ha desencebollado.»

O:

«Se ha extinguido.»

O:

«¿Y si ella está ahora mismo en el islote? ¿Y si me está esperando?»

Entonces apretaba los ojos para intentar soñar hasta el islote, pero el sueño no llegaba.

3
La ausencia

Tú no sabía vivir sin Siruza. Decidió pedir consejo al cocinero de a bordo; un mulato al que llamaban el Tostao, no se sabe si por su color o por lo a menudo que se le chamuscaba la comida. El Tostao tenía una novia en cada puerto. Tantas eran que habían hecho una Asociación de Novias del Tostao, y desde entonces el cocinero no se atrevía a pisar tierra firme.

Tú lo encontró removiendo un gran perol en la cocina. Estuvo mirándolo un rato sin animarse a formular su pregunta, y a lo mejor se hubiera ido sin hablar de no ser por un olorcillo a cebolla requemada que salía del perol y que agudizó su mal de amores.

—¿Cómo se hace para olvidar a una mujer? —preguntó de sopetón.

—La botella, chico —dijo el Tostao sin mirarlo siquiera.

—¿Y si en realidad no es una mujer y no la quiero olvidar? —preguntó Tú, sumido en un mar de dudas.

—¡La botella! —repitió el Tostao sin dejar de remover.

Tú no entendió bien si el cocinero le aconsejaba emborracharse o enviar un mensaje en una botella a su sirena. Pero las dos cosas le parecieron muy sabias y decidió hacerlas en ese mismo orden e inmediatamente.

Cuando el cocinero levantó la cabeza del perol, Tú había desaparecido. El Tostao tuvo que alcanzar él solito la botella del aceite.

Qué cosas. Por mucho que buscó, Tú no encontró una sola botella en la bodega. Todas las bebidas estaban enlatadas, desde el agua de Vichy hasta el ron. Resignado, se bebió una lata de gaseosa y se pasó el resto de la tarde eructando, porque para la cebolla y el gas tenía el estómago muy sensible.

Tampoco le fue fácil encontrar papel para escribir el mensaje. Tuvo que entrar disimuladamente en la cabina del Capitán y arrancar una hoja del cuaderno de a bordo. Por la cara que estaba libre escribió de un tirón la primera poesía de su vida:

> Siruza, mi Siruziña,
> sueña el islote de mis sueños,
> enseña tus greñas de niña risueña.
> Me dejaste y gimo de congoja.
> Ojalá recojas del agua mi queja.
> ¿Me has olvidado?
> ¿Te has aburrido?
> ¿Te has desencebollado?
> ¿Te has extinguido?
>
> Tu Tú

Metió el mensaje en la lata de gaseosa, la selló con brea y escribió algo parecido a una dirección en una etiqueta plastificada con plumas de calamar:

Sirena Siruza
Islote pequeño
Ancho mar

—No llegará —sentenció una voz a sus espaldas.

Era Darío Lapidario, un marinero viejo y sombrío.

—La mar es ancha y procelosa. El correo en lata es azaroso. La dirección, bastante dudosa. Ni siquiera has puesto el código postal.

—¿Y qué puedo hacer? —preguntó tímidamente Tú.

Lapidario se encogió de hombros. Su especialidad era ser aguafiestas, no dar soluciones.

—Estas cosas sólo me pasan a mí —suspiró tristemente Tú—. Con la de mujeres con piernas y código postal que hay en el mundo, y yo tengo que escoger una con cola de merluza, perdida en el mar...

Una gaviota interrumpió el lamento del marinero dejando caer un manchurrón de estiércol sobre su cabeza.

—Y con lo grande que es el mar... —se quejó aún más amargamente Tú—. Esta gaviota va y escoge como estercolero precisamente mi cabeza.

—Eso se llama Fatalidad —dijo en tono lúgubre Darío Lapidario.

—O Suerte, según se mire —replicó Tú, súbitamente animado por una idea—. Igual que esta gaviota ha elegido precisamente mi cabeza, mi lata puede escoger precisamente la orilla del islote correcto. Si la Suerte lo quiere.

—A la Suerte hay que ayudarla —sentenció Lapidario.

Y en ese momento otra gaviota dejó caer sobre él otro cachito de Suerte, o de Fatalidad, o de lo que fuese.

No fue el último. A lo largo de ese día casi todos los marineros recibieron su ración de estiércol. Navegaban cerca de la costa, y un montón de gaviotas revoloteaba sobre el barco lanzando de vez en cuando sus regalitos de bienvenida.

—¡Ya sé lo que quería decirme Lapidario! —se dijo de pronto Tú—. ¡Así se ayuda a la Suerte! Cuantas más gaviotas, más posibilidades de ser cagado. Cuantas más latas, más posibilidades de que una llegue al islote.

A partir de entonces, Tú se dedicó a recolectar cada día todas las latas que se bebían en el barco. Cada noche las llenaba con poemas escritos en hojas del cuaderno de a bordo y las echaba al mar. El barco navegaba dejando tras de sí una estela de latas iluminadas por la luna. Resultaba poco ecológico, pero muy bonito de ver.

4
El reencuentro

Los botes de Tú se diseminaron por todos los mares y fueron encontrados por sirenas de todas las especies en todas las latitudes. Tiburenas, bacalenas, sirdinas, lengüenas, sircadillas... Todas, por lejos que estuvieran, emprendieron viaje hacia el islote de Siruza para entregarle los mensajes. Quizá lo hicieron de puro serviciales y buenas chicas, o quizá porque estaban aburridas de pasarse el día cepillándose los cabellos en un islote, que es la principal actividad de toda sirena y la razón de que haya tantas algas en algunas playas (es un error muy común confundir con algas los pelos de sirena).

Pero las sirenas no saben que no se debe

leer el correo de otros. Como además son guasonas por naturaleza, y una chirla envidiosas, mientras viajaban hacia el islote se dedicaban a difundir entre risas las poesías del marinero encebollado por toda la mar oceánica.

Cuando Siruza recibió la primera lata, se puso radiante de felicidad. Pero a medida que las latas invadían el islote, su felicidad iba disminuyendo.

—¿Es aquí donde vive la «niña de los cabellos de fuego»? —preguntaba una sirena, con voz de guasa, dejando un bote en la orilla.

—Traigo un mensaje para la... A ver cómo era... «Luz de mis ojos, sal de mis días...» —leía una sirdina, retorciéndose de risa.

Pronto los botes cubrieron todo el islote y Siruza tuvo que apilarlos en una montaña. Entonces una bandada de gaviotas ecologistas se manifestó sobre la pila de latas, en protesta por lo que llamaron «el vertido ilegal de basuras». Cuando se fueron, dejaron todo sembrado de cagarrutas.

Y así estaban las cosas en el islote cuando, una mañana, Tú, que pasaba las noches en vela arrojando botes al mar, se quedó dormido de pie en cubierta, agarrado al palo de la fregona.

Cuando apareció en el sueño, le pareció una pesadilla. Siruza estaba sentada en lo alto de una montaña de latas salpicadas de estiércol, más despeinada que nunca.

—Veo que recibiste todos mis mensajes —musitó Tú.

—¡Requisquillas con tus mensajes! —gruñó Siruza.

5
El intruso

A pesar de las latas, el estiércol y las poesías cursis, el enfado de Siruza no duró mucho. Le explicó a Tú lo que había pasado, y mientras lo hacía le empezó a parecer hasta gracioso.

Los dos reían de buena gana cuando sonó el trueno. Les chocó, primero porque no habían encargado tormenta para ese sueño, y después, porque notaron que aquel trueno tronaba en perfecto castellano. Decía muy clarito:

—¡Marinero! ¿Qué manera es ésa de pasar la fregona?

Sonaba más allá del mar y del cielo y de la montaña de latas. Tú reconoció la voz de su Capitán, que le llegaba desde el otro lado del sueño. Pero no estaba dispuesto a despertarse cuando por fin había dado con Siruza. Se agarró al sueño con uñas y dientes, mientras del otro lado, el de la vigilia, el Capitán le zarandeaba indignado:

—¡Despierta, botarate!

Las ganas de soñar del marinero fueron más fuertes. Tanto, que acabó arrastrando a su patrón hasta el islote soñado.

—¡Recontraquisquillas! —Siruza se sobresaltó—. ¿Y ése qué hace aquí?

—Perdón —se excusó Tú—. Lo he traído yo sin querer. Es mi Capitán.

El Capitán estaba demasiado desconcertado para estar furioso. Además, no se sentía en su salsa en el sueño de otro. Fue a quitarse la gorra para saludar a Siruza, y se dio cuenta de que no la había llevado al sueño. Eso le incomodó más todavía, porque era más bien coqueto y bastante calvo.

—Encantado, señorita —tartamudeó.

También Siruza pareció encantada cuando el Capitán se acercó a la orilla y le besó la mano. Sacó del agua su cola de merluza, orgullosa, y le explicó que estaba en vías de extinción.

—¡En vías de extinción! —repitió el Capitán—. ¡Qué interesante! ¿Le importaría que le hiciera unas cuantas preguntas?

Sacó un cuadernito de notas del bolsillo trasero de su pantalón.

—Pregunta lo que quieras —dijo Siruza, toda sonrisas.

El Capitán empezó a indagar sobre el origen y evolución de las sirenas siruzas, mientras a Tú le daba un ataque de celos. Le parecía que Siruza sonreía demasiado, que miraba demasiado las piernas del Capitán, cortas y sin un solo pelo. Las comparó con sus propias piernas peludas.

—¡Te has cansado de mis piernas y de mí! —se le escapó de pronto.

Siruza le miró sorprendida:

—¿Por qué dices eso?

—Si no te has cansado de mí, ¿por qué no has venido todas las otras noches a mi sueño?

—He venido cada noche —protestó Siruza—. Y tú no estabas.

—Yo también he venido cada noche y no te he visto —replicó Tú.

Se miraron con desconfianza, pensando cada uno que el otro mentía.

—Un momento, un momento —intervino el Capitán—. Tiene que haber una explicación lógica para esto. Necesito conocer algunos datos concretos sobre estos encuentros... ¿Os importaría contestar a unas cuantas preguntas? Coordenadas geográficas del islote, fechas y horas de los encuentros y desencuentros...

El Capitán pasó de hoja en su libreta y empezó a anotar la información que Siruza y Tú atinaron a darle. No tardó mucho en exclamar:

—¡Se trata de un puro desajuste horario! Es lógico que no coincidierais en el sueño, porque las noches de la señorita Siruza ya no son tus noches, botarate. Si mis cálculos no fallan, en este momento la isla y nuestro barco están en las antípodas uno respecto al otro. Siruza y Tú ocupáis meridianos opuestos en el globo. Eso quiere decir que, cuando el sol alumbra nuestro barco, es de noche en el islote, y viceversa. Cuando tú duermes, botarate, la señorita Siruza vela. Y cuando la señorita duerme, botarate, tú velas.

—Salvo hoy… —objetó Tú.

—Salvo hoy —admitió el Capitán—. ¡Que estás durmiendo cuando deberías estar fregando el suelo de cubierta! —terminó en un rugido—. ¡Despierta inmediatamente!

Tú estuvo a punto de obedecer, por el miedo y la costumbre, pero luego se lo pensó mejor.

—No quiero despertar —se encogió de hombros, desafiante.

—¿Cómo te atreves? ¿Desde cuándo le hablas así a tu Capitán?

—Desde que mi Capitán se mete en mis sueños.

Tú el timorato, Tú el poquita cosa, se rió en las barbas de su patrón.

—¡Te vas a enterar cuando nos despertemos! —amenazó el Capitán.

—¿Me va a castigar por algo que he hecho en sueños? —replicó Tú—. Además, cuando nos despertemos, espero que no nos acordemos de esto. A mí me pasa siempre: me acuerdo de poco y, cuanto más pienso en ello, más me olvido.

Y así fue. Tú y el Capitán acabaron por despertarse en medio de cubierta, rodeados por toda la tripulación, que los observaba llena de curiosidad. Se restregaron los ojos y se miraron un momento, pero enseguida desviaron la vista, como avergonzados. El Capitán fue el primero en reponerse. Gritó:

—¡Qué hacéis todos ahí mirando como

pasmarotes! ¡Moveos, que hay mucho que hacer! ¡Y tú, botarate, como te vuelvas a dormir en horas de trabajo, me vas a fregar la cubierta con la lengua!

6
Tres son multitud

—Bueno, seguro que hay cosas peores que fregar una cubierta con la lengua —se decía Tú.

Y seguía durmiendo en horas de trabajo a pesar de las amenazas del Capitán. Ahora sabía que durante esas horas era de noche para Siruza y tenía más oportunidades de encontrarla en su sueño. Pero no sabía que la sirena también había empezado a dormir durante sus días y a velar en sus noches, esperando así coincidir con él. Por eso los encuentros se hacían cada vez más difíciles.

Cuando coincidían, el uno llegaba cuando la otra estaba a punto de marcharse, o al revés. El rato que lograban estar juntos, lo gastaban en decidir cómo y cuándo se iban a ver de nuevo: quién iba a dormir por la noche y quién por el día. Pero una vez despierto, Tú no lograba acordarse de lo que habían decidido.

Además, cuando dormía de día, Tú llegaba a los sueños todo tenso y angustiado, por miedo a que lo descubriera el Capitán. Últimamente tenía la impresión de que lo espiaba. Allá donde iba lo encontraba pero, si sus miradas se cruzaban, el Capitán desviaba la suya y se ponía a silbar, o a sacar brillo con la manga a los botones de su casaca.

Lo que Tú temía terminó por ocurrir. Un día el Capitán lo sorprendió durmiendo de pie abrazado al palo de mesana. Por la sonrisa que tenía Tú en los labios, adivinó enseguida dónde estaba.

Los marineros que presenciaban la escena intentaron despertar a Tú con toses y silbiditos, pero el Capitán les hizo callar poniéndose un dedo en los labios. Luego

mandó traer su almohada de su camarote, se acurrucó en el suelo al lado de Tú y se durmió también. Al poco tiempo pareció robar su sonrisa a Tú. Empezó a sonreír de la misma manera un poquito boba, mientras Tú ponía una mueca de fastidio y espantaba moscas invisibles con la mano. Naturalmente, el Capitán se había vuelto a colar en su sueño.

—Buenos días, señorita Siruza. Hola, marinero —saludó el Capitán, quitándose la gorra.

Esta vez había tenido buen cuidado de llevársela puesta al sueño, porque había leído en un tratado de sirenas que a éstas les impresionan mucho las gorras de plato.

—Oé, Capitán. Buena corriente te trae —saludó Siruza, mirándole primero la gorra, y luego, las piernas cortas y sin pelos.

—Señorita Siruza... —repitió el Capitán—. ¡Qué largo! ¿Podría llamarla Siruzita?

Tú resopló de fastidio, pero el Capitán siguió hablando como si no lo oyera.

—Así unimos el tratamiento de respeto de «señorita» a la belleza de su nombre de «Siruza».

Siruza se esponjó de satisfacción.

—¡Déjese de tratamientos y de pamplinas! —refunfuñó Tú—. ¿No puede usted soñar sus propios sueños y dejarme en paz con los míos?

El Capitán se encogió de hombros, entre tristón y avergonzado. Como aquello era un sueño y nadie se iba a enterar, terminó admitiendo que no, que en realidad no podía soñar sus propios sueños. Cuando se dormía, no se le ocurría nada y por eso se despertaba siempre de tan mal humor.

—Pero nada…, ¿nada? —preguntó incrédulo Tú.

—Nada —insistió tristemente el Capitán.

—¿Ni pesadillas? —intervino Siruza.

—Mi pesadilla es ésa —repuso el Capitán—. Mi cabeza sin sueños toda negra, como las simas marinas. Por eso quería pediros una cosa, si no es mucha molestia... —el Capitán hablaba ahora con una humildad que Tú no le conocía—. ¿Podría quedarme un ratito en vuestro sueño? Me pongo en una esquina y no molesto.

—¡Estas cosas sólo me pasan a mí! —murmuró Tú, espantando una mosca imaginaria con la mano.

—Que se quede, pobre —pidió Siruza.

Es que tenía muy buen corazón. Y, también hay que decirlo, le encantaba ver cómo los ojos de Tú echaban chispas cada vez que ella miraba fijamente las piernas del Capitán. Sólo por ver esas chispas se pasaba el rato mirándolas, con la grima que le daban.

Después de rezongar un poco, Tú dejó que el Capitán se quedara, pero a cambio soñó para él unas piernas peludas y larguísimas. El Capitán, que siempre había tenido complejo de bajito, estaba encantado.

No era lo mismo peinar los cabellos de Siruza bajo la mirada atenta del Capitán. Las risas de Tú y Siruza se apagaban cuando tropezaban con sus ojos tan serios. Esas cosas que se decían les sonaban tontas ahora que el Capitán las escuchaba. Si Darío Lapidario hubiera estado en el sueño, habría resumido la situación así:

Dos son compañía, tres son multitud.

Por suerte, Lapidario no estaba en el sueño. Todavía.

7
Sueños de Capitán

El Capitán también se sentía algo violento mirando cómo Tú y Siruza se hacían arrumacos. Para evitarlo sacó su libreta, dispuesto a hacer anotaciones sobre el ritmo de las mareas, la geología, flora y fauna de la isla. Con la geología y la flora acabó pronto: arena fina, una roca y un palmito raquítico y torcido, al que el Capitán prefirió llamar en sus notas *Chamaerops humilis*. La fauna era mucho más interesante. El Capitán volvió a fijarse en aquel estupendo ejemplar de sirena siruza. Igualita a la de la lámina en color del *Tratado de criaturas marinas posiblemente inexistentes*. Quizá, eso sí, esta sirena estaba más pálida y ojerosa que la del libro.

¡Claro! ¿Cómo no iba a estarlo si el botarate del marinero la hacía dormir a deshoras con sus citas?

—¡Eh, Tú! —gritó indignado el Capitán—. ¿No ves que con tus visitas inoportunas tienes agotada a la señorita? Deberías ser más considerado con una sirena en vías de extinción.

Tú miró a Siruza con aprensión.

—Pero no te preocupes —prosiguió el Capitán—, porque el problema puede resolverse con un poco de lógica —se golpeó con orgullo la cabeza—. A partir de ahora, nosotros nos adaptaremos a su sueño.

—¿Cómo que «nosotros»? —protestó Tú.

El Capitán siguió hablando sin hacerle caso:

—Sabiendo dónde está el islote y dónde nuestro barco, podemos calcular las horas solares de diferencia entre ambos. Cuando sea de noche en el islote, nosotros dormiremos y vendremos a ver a Siruzita.

—¿Nosotros? —gimió de nuevo Tú.

Pero su jefe ni siquiera contestó. Como diría Lapidario, no hay peor sordo que el que no quiere oír.

El Capitán empezó a calcular cada mañana en qué momento anochecía en el islote de Siruza. Cuando llegaba la hora calculada, salía al encuentro de Tú vestido de gala, con la gorra puesta y la almohada bajo el brazo. Sin decirse una palabra, patrón y marinero se tumbaban uno junto a otro y partían en sueños hacia el islote de Siruza. Y Siruza siempre estaba allí, porque los cálculos del Capitán nunca fallaban.

—Hola, Siruza mía.

—Oé, mi Tú.

—Buenos días, Siruzita.

—Buena corriente te trae, Capitán. ¿Has logrado soñar algo hoy?

Tú y Siruza estaban dando al Capitán lecciones de soñar. Le ponían como deberes que soñara algo por las noches y se lo contara al día siguiente. Querían hacer de él un soñador independiente, porque les daba algo de pena y para ver si así lo sacaban de una vez de sus sueños. Pero el Capitán no era un buen alumno. Al principio había que darle hasta el tema de los sueños, porque no se le ocurría nada.

—Sueñe con la casa donde vivía de niño —le proponía Tú.

—Fatal —rezongaba al día siguiente el Capitán—. Las casas se me dan mal. Hace tiempo que no veo ninguna. Y hace tanto que no soy niño…

—Sueñe que está en un bosque cogiendo setas —se le ocurría entonces a Tú.

—Información insuficiente —se quejaba al día siguiente el Capitán—. No me dijiste de qué árboles era el bosque, ni de qué especie eran las setas.

—A ver… Algo más marino. Sueñe que navega en un barco de vela.

El barco lo soñaba bien, pero se le olvidaba el mar, y el velero se hundía entonces en la oscuridad de la cabeza del Capitán. Como soñador, aquel hombre era un desastre. Pasaban los días y no parecía hacer ningún progreso.

—¡Te esfuerzas demasiado, Capi! —le decía Siruza—. Los sueños vienen, no se atrapan. ¿Has probado a atrapar una medusa? La atrapas, la sacas del mar y ya no es una medusa, es sólo agua.

—No entiendo qué tienen que ver las medusas en todo esto —refunfuñaba el Capitán.

—Vamos a buscar una para que te lo explique —bromeaba Siruza.

Daba un brinco en la piedra y se precipitaba de cabeza en el mar gritando:

—¡Al agua! ¡Cuadrúpedo el último!

Como a las sirenas no les gustan las patas, consideran que es bochornoso tener cuatro. Al Capitán siempre le tocaba ser cuadrúpedo, porque nunca se bañaba.

—No es digno de un capitán hacer esas chiquillerías —rezongaba en la orilla.

Aunque de vez en cuando se le escapaban miraditas envidiosas hacia el lugar donde Siruza y Tú jugaban a hacerse ahogadillas.

Un día, al salir del agua, Tú notó algo raro en la isla. Tardó un poco en darse cuenta de lo que era: las latas en que había enviado sus mensajes a Siruza estaban perfectamente clasificadas en montones. Por un lado las de cola, más allá las de limonada, del otro lado las de cerveza...

—¿Por qué las has soñado así, Siruza? —preguntó Tú.

—Yo las he soñado como siempre —replicó Siruza—. En un montón por orden de llegada. Habrás sido tú, Tú.

—¿Yo? Qué va —exclamó Tú.

—Entonces...

Tú y Siruza miraron a la vez al Capitán, que cambió de color bajo su gorra.

—Ha... Ha sido sin querer —tartamudeó—. Yo no he tocado nada. Sólo que... se me ocurrió que estarían mejor clasificadas con cierto rigor y, de pronto, bueno pues... ahí están, tal y como yo lo había pensado.

—Pensado no, más bien soñado —rectificó Siruza.

—¡Qué caradura! —Tú se enfadó—. Usted no puede soñar aquí. Este sueño es de Siruza y mío. Nosotros sólo le hemos invitado como espectador y no queremos que cambie ni la espuma de una ola en él. ¿Entendido?

El Capitán pidió disculpas y prometió que no volvería a hacerlo. Pero en el fondo estaba satisfecho de haber sido capaz de soñar sin querer. Era la primera vez que le pasaba.

Qué gran cosa soñar. El Capitán, que tan malos despertares tenía, empezó a despertarse contento, como si saliera de ver una buena película en el cine. Y eso que no recordaba más que vagamente su sueño.

Durante el día, el Capitán y Tú jamás hablaban entre sí de Siruza, ni de la isla, ni de ninguna otra cosa. Volvían a ser el patrón y el último de los marineros. Evitaban mirarse. Como mucho, el Capitán gritaba a Tú una orden injusta, con la voz demasiado destemplada, para que los demás no sospechasen que ahora eran compañeros de sueños. Pero ¿lo eran realmente? A veces el Capitán lo dudaba. ¿Desde cuándo se puede compartir un sueño? ¿Desde cuándo existen las sirenas? ¿Cómo podía creer esas pamplinas un hombre práctico con una mente científica como la suya? A menudo sentía la tentación de preguntar a Tú por sus sueños, pero… ¿Y si todo era imaginación suya? ¿Y si Tú le tomaba por loco o se burlaba? ¡Qué bochorno para un capitán! En el último momento se comía sus palabras y gritaba en cambio:

—¡Botarate! Ve a limpiar la sentina.

Hasta que un día, mientras decidía sobre una carta de navegación el rumbo de su barco, se le ocurrió cómo podría salir de dudas. Sacó la cabeza de la cabina de mando y gritó exaltado:

—¡Timonel! ¡Pon rumbo al Sudeste!

Había decidido dirigir su nave hacia el islote de Siruza. Así sabría por fin cuánta realidad había en sus sueños.

Pero la isla de Siruza todavía estaba muy lejos. A Tú y al Capitán aún les quedaban muchas horas de sueño por compartir. Y así lo hicieron sin grandes incidentes durante un tiempo. Hasta que, durante un sueño, el Capitán volvió a las andadas. Siruza y Tú habían estado jugando en el agua y, cuando salieron, se encontraron todas las latas puestas de pie, unas sobre otras, formando una torre que se perdía entre las nubes. El Capitán miraba para otro lado y silbaba entre dientes una tonadilla marinera. Pero una torre tan bien hecha sólo podía ser obra suya.

—¿Ya estamos otra vez soñando sin permiso? —se indignó Tú—. ¡Desueñe eso ahora mismo!

—Oh, no… —Siruza miraba hacia arriba, embelesada—. ¡Me encanta!

—¡Me encanta! —la parodió Tú aflautando la voz—. Siempre te parece bien lo que hace el Capitán. Mucho mejor que lo que hago yo. Si tanto te gusta, quizá deberíais quedaros solos en este sueño y que yo…

Tú no pudo seguir dando rienda suelta a su ataque de celos, porque en ese instante el sol pareció oscurecerse. El marinero miró al cielo y gritó aterrado:

—¡Capitán! ¡Esto ya es demasiado! —se cubrió la cabeza con las manos—. ¡Desueñe a esos marineros ahora mismo!

8
Lluvia de marineros

Los marineros cayeron del cielo despacio, dando volteretas en el vacío, y se posaron suavemente en la arena, unos sobre otros, hasta formar una montaña de la que salían protestas, cabezas, piernas y brazos gesticulantes:

—¡Quita tu manaza de mi cara!

—¡No me babees la oreja!

—¡Aparta, chico!

—¡Mi pierna! ¡Deja en paz mi pierna!

—¡No es tu pierna! ¡Es mi pierna!

—Estas cosas sólo me pasan a mí —farfulló Tú—. Como si un capitán no fuera bastante, ahora se me cuela la tripulación en el sueño.

—Créeme, mi botarate: yo no tengo nada que ver con esto —aseguró el Capitán, mirando con disgusto ese amasijo de cuerpos—. Jamás se me ocurriría soñar algo tan absurdo, ridículo y desordenado.

—Pues entonces..., ¿qué requisquillas ha pasado? —preguntó Siruza.

—Trataremos de averiguarlo —repuso el Capitán. Se ajustó bien la gorra, carraspeó y...—. ¡A formar! —aulló con su peor voz de recién levantado.

La montaña de marineros se agitó, se desmoronó, y los hombres lucharon a codazos por alinearse frente al Capitán. La isla era tan pequeña que varios cayeron al agua en el intento.

—¿Se puede saber qué hacéis aquí? —rugió el Capitán cuando los hombres hubieron formado decentemente—. ¡Esto es un sueño privado, botarates!

—Pero... ¡Nosotros también queremos verlo, mi Capitán! —protestaron los hombres.

—¿Ver el qué?

—Ver lo que hace que ése y usted sonrían como bobos mientras duermen, mi Capitán, con perdón de mi Capitán.

El Capitán buscó a Siruza con la mirada. No la encontró. Tú, que se estaba volviendo muy posesivo, la había escondido tras las latas.

—Sonreímos por... ¡porque nos hace gracia la torre! —se apresuró a decir Tú.

Los marineros resoplaron, defraudados.

—¡Pues vaya cosa!

—¡Una torre de chatarra!

—¡Menudo mamarracho!

—Sobre gustos no hay nada escrito, pero esto es pasarse —opinó Darío Lapidario.

—Las latas ni siquiera están llenas —el Esponja, un marinero de Corcubión muy aficionado a la bebida, estrujó con desprecio un bote de cerveza.

—¿Para eso me bajo de la cofa, con lo que me cuesta después subir a oscuras? —protestó el vigía.

—Si lo sé no dejo el timón —gruñó el timonel.

—¿Acaso habéis abandonado vuestros puestos, pedazo de irresponsables? —bramó el Capitán—. ¡Regresad ahora mismo!

—¡A la orden, mi Capitán! —dijeron todos como un solo hombre.

Pero no pudieron obedecer por culpa del maremoto.

9
El maremoto

Fue una sacudida tremenda, morrocotuda. Los marineros volaron por los aires. Olas inmensas barrieron la isla. La torre de latas se desplomó sobre Siruza. Tú había perdido el control de su sueño y se le convertía en pesadilla.

—¡Rápido! Retirad las latas —aulló—. Hay que sacar a Siruza.

A lo mejor a Tú le habría resultado más sencillo despertarse, pero en ese momento no se daba cuenta de que soñaba, así que no pudo pensar en despertar. Tampoco lo hicieron los otros marineros. Contagiados de su nerviosismo, hurgaban en el montón de latas sin saber lo que buscaban debajo.

—¿Siruza? ¿Qué Siruza?

—La que me hace sonreír como un bobo —jadeó Tú—. Nunca la veréis si no me ayudáis rápido con las latas.

Los marineros redoblaron sus esfuerzos.

—Ya sabía yo que aquí había gato encerrado —murmuró Lapidario.

—¡No es gato! Es pescado —exclamó el Esponja, que acababa de dar con la cola de Siruza.

—¡Es una mujer! —exclamó feliz el Tostao, desenterrando la cabeza.

—Soy una sirena Siruza —murmuró Siruza, incorporándose con esfuerzo entre las latas—. Un ejemplar único que hoy ha estado a esto —juntó dos dedos— de extinguirse.

Tú se inclinó sobre ella y la sacó en brazos del montón de basura metálica.

—¿No se te ha ocurrido nada mejor que un maremoto para echar a esos hombres del sueño? —murmuró Siruza, azulada de tan pálida.

Sólo entonces Tú se acordó de que estaban en un sueño.

—Eso no lo he soñado yo —dijo, y buscó enseguida al Capitán con la mirada.

—¡Tampoco yo! —se apresuró a afirmar éste—. ¡Yo nunca soñaría un desbarajuste así! Pero ahora no hay tiempo para ordenarlo. Mientras estamos aquí, nuestra nave surca el mar sin gobierno. ¡Tripulación! —aulló—. ¡Os quiero a todos de vuelta a vuestros puestos!

—¡A la orden!

Los marineros dieron media vuelta, que es lo primero que se suele hacer para regresar a cualquier sitio, pero no supieron qué hacer luego. Deambulaban por la isla desconcertados, como si buscasen el cartel de salida a la realidad.

—¡Botarate! Despierta y sácanos tú de esta pesadilla —ordenó entonces el Capitán.

—No puedo dejar a Siruza en este berenjenal —replicó Tú.

—¡Yo también me voy! —Siruza sonaba asustada—. Ya recogeremos mañana.

Tú y la sirena se dieron un beso de despedida, que los marineros acompañaron con silbidos y comentarios fuera de tono.

—A la de tres nos despertamos —susurró Tú.

Pero a la de ¡tres!, todos seguían allí menos Siruza. Los marineros redoblaron sus silbidos, burlándose de Tú.

—¡Jo! Ahora se va la mujer *pescao,* lo único que valía la pena en este sueño —se quejó el Tostao, que además de ligón era muy aficionado a las cocochas de merluza.

Tú no supo qué decir. Sin Siruza y rodeado de sus compañeros se sentía débil, como el Tú de la realidad, y no fuerte y seguro como el de los sueños.

También el Capitán se parecía cada vez más al Capitán de la realidad.

—¡A trabajar, muchachos! —exclamó—. No sabemos cuánto puede durar esta situación, así que tenemos que organizarnos. Las dimensiones de esta isla son insuficientes. Es árida. Reina en ella el desorden —el Capitán señaló las latas que la sacudida había desperdigado por todas partes—. Ya que estamos soñando, aprovechemos para hacer de ella la isla de nuestros sueños. Nos basta con quererlo.

En mala hora habló el Capitán: todos se pusieron a quererlo.

—Una isla de ensueño debe ser calentita y con cocoteros —dijo el Tostao, que era caribeño.

No había acabado de hablar cuando empezó a hacer un calor sofocante. Varias palmeras brotaron del suelo al son de una marimba, y una de ellas se llevó consigo al Esponja.

—¡Bajadme de aquí! —suplicaba el marinero desde el penacho de hojas—. ¡El trópico es un asco! Para tierras de ensueño, Corcubión.

El cielo se nubló y comenzó a llover. El suelo se cubrió de hierba, desaparecieron los cocoteros y el Esponja aterrizó de golpe sobre una sorprendida vaca gallega.

—Bonito, pero soso —opinó el vigía—. Demasiado llano.

Veleta, el vigía, amaba las alturas y las montañas. Si algo le fastidiaba del mar, era que no tenía ni una cuesta. En cuanto terminó de hablar, el suelo se empezó a arrugar. La tierra subía por aquí y bajaba por allá, elevando a algunos marineros hasta las cumbres nevadas y haciendo rodar otros a los valles.

—¡Esto es una pesadilla! —gimió Darío Lapidario.

Y ojalá se hubiera quedado callado, porque al instante la isla se ensombreció y se pobló de chillidos, murmullos y gemidos estremecedores. Los marineros se vieron rodeados por una vegetación enmarañada, en la que brillaban los ojos amarillos de un montón de fieras al acecho.

—¡Basta! —vociferó el Capitán—. ¡Que todo el mundo deje de soñar inmediatamente!

¡Uf! Justo a tiempo. La isla volvió a su ser. Pequeña, tranquila, pelada, desordenada. Y sin Siruza.

—Razonemos, muchachos —dijo el Capitán—. Si queremos hacer una isla de ensueño, tendremos que ponernos de acuerdo sobre qué es una isla de ensueño. Hasta entonces, nadie debe soñar.

—Sobre ensueños no hay nada escrito —murmuró Darío Lapidario.

¡Qué razón tenía!

10
Batalla de sueños

Los primeros días en la isla fueron un jaleo.

¿He dicho «días»? Igual podría llamarlo noches, instantes, años o semanas. El tiempo es una cosa muy elástica en las islas soñadas.

Naturalmente, los marineros no lograban ponerse de acuerdo sobre cómo debe ser una isla de ensueño. ¿Acaso hay dos personas en el mundo con los mismos sueños? A pesar de las órdenes del Capitán, soñaban; a veces queriendo, otras sin querer, y casi siempre unos contra otros.

Pepón Camorra, un marinero algo gamberro, arruinaba la noche melancólica de

Darío Lapidario haciendo añicos la luna de una pedrada. El Tostao robaba las novias que se habían soñado los demás marineros y se las llevaba a bailar salsa. Esponja, el de Corcubión, le aguaba la fiesta al Tostao empeñándose en acompañar la salsa con una gaita gallega. Mejillón, un marinero de pocas palabras, tapaba la música de la gaita con un poco de silencio absoluto. Abel Agallas, amante de las emociones fuertes, soñaba una tempestad y llenaba el silencio de truenos. Veleta congelaba las olas antes de que rompieran para poder por fin escalar el mar… Era una lucha de voluntades en la que nadie tenía la victoria definitiva. Y el Capitán menos que nadie pues, aunque tenía grandes dotes para mandar, le faltaba imaginación para soñar.

—¡Mi botarate! Haz algo —le pedía el Capitán a Tú—. Éste es tu sueño. A ver si pones un poco de orden.

Pero Tú, en vista de que no lograba despertar, empleaba todas sus fuerzas en intentar soñar a Siruza. Aunque era un buen soñador, al principio no logró nada. Con la práctica le salieron unas sirenas descoloridas, casi transparentes, que se parecían a Siruza pero no lo eran del todo y que se desvanecían en el aire cuando Tú acercaba la mano.

Aquel día, cuando Tú se sentó al borde del agua, estaba tan desesperanzado que pensaba dejarse llevar por la marea alta. Pero en una isla como aquélla uno no debe fiarse ni de las mareas. La marea fue subiendo como es su obligación, sí, pero la primera ola que le lamió los pies tenía un extraño color dorado y olía a taberna. Tú oyó sorber a su lado y vio al Esponja, tumbado boca abajo en la arena, que bebía complacido ese mar de cerveza que acababa de soñarse.

—Anda, Tú, echa un trago —le invitó, limpiándose los bigotes de espuma.

—Estas cosas sólo me pasan a mí —musitó Tú, sin fuerzas.

—¿Qué cosas? —preguntó Siruza a su lado.

Estaba tan pálida y ojerosa que, al principio, Tú pensó que era otra de esas sirenas mal soñadas. Además, una cicatriz que Tú no conocía cruzaba una ceja de la sirena.

—¿Eres tú? —murmuró Tú.

—No. Tú eres Tú —dijo Siruza.

Se abrazaron y ella no se deshizo ni un poquito.

—¿Dónde has estado?

—Por ahí —respondió vagamente Siruza que, como buena sirena, era escurridiza hasta respondiendo preguntas.

—¿Y esa herida?

Siruza se tocó la ceja.

—No es nada. Me di con... con una esquina.

—¿Una esquina de dónde? —se sorprendió Tú.

—Pues... de allí. Aquí se está mejor. Aquí no hay esquinas.

—No habrá esquinas, pero esto es una pesadilla —gruñó Tú—. Daría cualquier cosa por despertar.

Siruza miró a su alrededor: la isla, el mar, el cielo cambiaban continuamente de tamaño, de forma, de color y de habitantes. Sólo los marineros permanecían, peleándose unos con otros.

—Así se pasan el día. Están insoportables —Tú suspiró—. ¡Con lo bien que estábamos tú y yo solos…!

—Sí, pero…

—¡Pero nada! —exclamó Tú.

Se puso de pie, súbitamente lleno de energía. Con Siruza de nuevo a su lado, se sentía capaz de soñar con la fuerza suficiente para hacer lo que tenía en la cabeza. ¡Ya estaba! Lo había hecho.

—¿Dónde están todos? —exclamó Siruza, mirando alarmada a su alrededor.

Siruza y Tú eran de nuevo los únicos habitantes de la isla.

—Los he desoñado —Tú sonrió lleno de orgullo.

—Pero… ¿Y qué va a ser de ellos ahora? —gimió Siruza, retorciéndose las manos.

—Pues… Supongo que nada. Estarán de vuelta en la realidad y sanseacabó.

—¿Y si no han llegado allí? —la voz de Siruza temblaba—. ¿Y si los has enviado a… a ninguna parte?

—¡Qué cosas más raras dices, Siruza!

—¡Regrésalos! ¡Pronto! —suplicó la sirena.

—Ya no te gusta estar a solas conmigo —se quejó Tú.

—¡No es momento para los celos! ¡Regrésalos, requisquillas!

Tú obedeció.

Los marineros volvieron desencajados, despavoridos, desconcertados, descoloridos. No supieron decir dónde habían estado. Cuando intentaron recordarlo, les vino un vértigo tremendo. Algunos se aplastaron contra la arena, otros se abrazaron entre sí, a la piedra o al palmito.

Poco a poco parecieron recuperarse, pero ya no fueron del todo los mismos. Se volvieron pasivos, timoratos. Dejaron de soñar. A lo mejor no se atrevían, por miedo a ir a parar otra vez a ese sitio en el que daba vértigo pensar. O quizá ya no se acordaban de que estaban en un sueño.

11
La languidez

Ahora Tú se pasaba el tiempo espiando a Siruza con el rabillo del ojo, temiendo que volviera a desaparecer. Pero, por el momento, Siruza seguía allí. A veces pasaba los dedos por la cicatriz de su ceja y se quedaba distraída y melancólica, pero eso no duraba mucho. Enseguida los marineros la reclamaban y ella acudía aparentando buen humor.

Desde que la tripulación no soñaba, la sirena merluza se había convertido en la única distracción de la isla. Los hombres hacían turnos para peinarle los cabellos, rivalizaban por tener su atención. Darío Lapidario trataba de impresionarla con sus frases solemnes. Aga-

llas hacía torres altísimas de latas y le dedi-
caba piruetas desde arriba. Pepón Camorra
le contaba chistes verdes. El Tostao quería
enseñarle a bailar salsa, y el Esponja le tocaba muñeiras con una gaita que Tú le había
soñado.

Al principio a Siruza le divertían las gracias de los marineros. Se reía cuando los ojos
de Tú relampagueaban al verla rodeada por
los demás.

—Hay marejada en los ojos de mi Tú
—decía maliciosa.

Luego se fue cansando de tantas atenciones. A decir verdad, estaba un poco har-
ta de marineros. A ella no le gustaba bailar.
¿Cómo le iba a gustar si no tenía piernas?
Le fastidiaban las frases solemnes. Le daba
tortícolis ver trepar a Agallas. La gaita le daba
ganas de llorar. Le faltaba picardía para enten-
der los chistes verdes. Y le disgustaba el olor
que despedía el Tostao, un olor desconoci-
do que le irritaba la nariz y los ojos.

—Cebolla —le informó un día Lapidario, al verla olisquear al cocinero sin mucho disimulo.

¡Así que eso era la cebolla! Siruza se llevó tal disgusto que se puso a languidecer en la playa. Languidecer es una forma de deprimirse que tienen las sirenas. Consiste en tumbarse en la orilla del mar y dejarse llevar y traer por las olas, sin mover ni una aleta, a flor de agua.

Los hombres la miraron languidecer un buen rato, acongojados e hipnotizados por el vaivén de su cabellera roja. Como la languidez es muy contagiosa, acabaron por tumbarse a su lado. A partir de ese día adquirieron la costumbre de languidecer en la orilla en cuanto no encontraban con qué entretenerse. Les parecía una forma casi agradable de estar tristes. Les daba un calorcito semejante a pensar en cómo los llorarían sus familias si alguien les dijera que habían muerto.

El Capitán empezó a alarmarse. Cualquier

Capitán sabe que una tripulación lánguida es casi peor que una tripulación amotinada. Intentó animar a sus hombres con diversos proyectos.

—Construiremos un barco con las latas y exploraremos el mar —proponía.

Los hombres se echaban a temblar.

—¿Y si no hay nada tras la línea del horizonte? —decían.

—Construiremos un faro con las latas y atraeremos un barco para que nos rescate.

—¿Y si resulta ser un barco fantasma?

Desde que Tú los había desoñado aquella vez, los hombres se habían vuelto francamente miedicas.

—Pues construiremos un malecón —insistió el Capitán.

—¿Para qué? —preguntaron los hombres, recelosos.

—¡Para nada! ¡Porque yo lo digo y basta! —vociferó el Capitán.

—Ah, bueno… Si no es para nada…

Sólo entonces los hombres se pusieron a trabajar, aunque sin ningún entusiasmo. Y el Capitán ya no les dejó parar. Cuando acabaron de construir el malecón de latas, les hizo construir un embarcadero.

—¿Con qué lo haremos? —preguntaron.

—Con latas.

—¡Si las hemos usado todas en el malecón!

—Pues deshacéis el malecón.

Luego hubo que deshacer el embarcadero para construir un muro, y destruir el muro para hacer un puente... Cuando al Capitán no se le ocurrían obras de ingeniería, mandaba a sus hombres colocar la piedra en el centro exacto de la isla, o enderezar el palmito, que estaba torcido, o barrer la isla con sus grandes hojas.

—¡Pero Capitán! ¿Para qué vamos a barrer una playa de arena? —se quejaban sus hombres.

—Que sea de arena no quiere decir que

no se ensucie —replicaba el Capitán sin alterarse.

¿Y quién acababa barriendo la isla? Pues Tú. Desde la llegada de sus compañeros, el sueño de Tú se parecía cada vez más a la realidad. Él ya no era el Tú alegre y decidido que Siruza conocía. Era un Tú triste y apocado que barría resignado la playa suspirando:

—Estas cosas sólo me pasan a mí.

Siruza le miraba entre compadecida y enfadada:

—¡Pues no dejes que las cosas te pasen, Mi Tú! ¡Hazlas pasar tú!

—Cuando yo hago pasar las cosas, pasan cosas muy raras —repuso Tú.

Siruza se dio cuenta de que, si quería que pasara algo bueno, lo tendría que hacer pasar ella. Y decidió hacer pasar LA FIESTA.

12
Las sirenas

—¿Y si hiciéramos una fiesta? —propuso Siruza aquella mañana, o tarde, o lo que quiera que fuera, que en el sueño no quedaba muy claro.

Los marineros la miraron sin ningún entusiasmo.

—¿Y qué podríamos festejar?

—Somos muchos y tú eres una —dijo el Tostao—. ¿Con quién íbamos a bailar?

—Bailaréis con mis amigas.

—¿Qué amigas?

—Las que os presentaré en la fiesta en la que celebraremos que os las he presentado.

Los marineros parecieron mucho más animados. Incluso impacientes.

—¿Y cuándo es la fiesta? —preguntaron.

—Acaba de empezar —exclamó Siruza.

Con los sueños da gusto. Del agua surgían ya las cabezas sonrientes de las primeras invitadas. Eran sirenas sardinas. Todo un banco de criaturas menudas, plateadas y escandalosas.

—¡Oé, Siruza! ¡Dichosa la corriente que nos trae! ¡Oé, los bípedos! —saludaron a los marineros—. ¡Empapadas de conoceros!

Se quedaron sentadas en la orilla, donde rompían las olas, observando con descaro a los hombres.

—¡Por Neptuno! —exclamó una fingiendo espanto—. ¿Dónde vais con ese montón de piernas?

—¡A mí tanto pelo me escama! —bromeó otra tapándose la cara.

Todas las sirenas sardinas estallaron en un tintineo de risas y agitaron el agua con sus coletazos.

—¡Ji, ji, ji!

—¡Ja, ja, ja!

—¡Ju, ju, ju!

—¡Ay, sirdinas! ¡Vosotras siempre tan frívolas y espumosas! —musitó una voz suave a flor de agua.

—¡Oé, Lengüena! —exclamó Siruza—. No te he visto llegar.

Las sirenas lenguado siempre pasan desapercibidas, porque son tan delgadas que de perfil apenas si se las ve.

—Etérea, discreta, bidimensional —Lapidario la miró admirado—. Magnífica.

—¡Realmente magnífica! —aprobó Veleta, el vigía, pero él miraba a una sirena delfín que se elevaba y se zambullía en el agua saludando con la mano.

—¡Oé, amiga Sirfina! —Siruza le devolvió el saludo alzando el brazo.

Y ya no lo bajó en un buen rato, porque siguieron llegando sirenas de todo tipo y tamaño.

—¡Oé, Siralla!

—¡Oé, Sirchoa!

—¿Cómo nadas, Besuguena?

—¡Empapada de verte, Aturena!

Las sirenas no son tímidas. El que no las conoce puede incluso tomarlas por descaradas. Las invitadas de Siruza se habían ido instalando en la playa, con sus colas en remojo, y desde allí invitaban a los marineros a acompañarlas al agua, impacientes. A las sirenas no les gusta estar mucho tiempo en la superficie. Se les resecan las escamas y empiezan a oler a pescado.

—¡Al agua, bípedos! —les jaleaban—. ¡Que nos vamos a hacer mojama!

Los marineros, tan bravucones en la vida normal, se habían vuelto de golpe vergonzosos como niños en su primer día de colegio. Por fin Agallas se animó a entrar en el agua, y las sirenas lo festejaron tanto que sus compañeros no tardaron en imitarle. Un rato de chapoteo les bastó para sentirse a sus anchas. Ninguno se resistió cuando las sirenas los tomaron de la mano y se zambulleron con ellos bajo la superficie.

Tú contuvo la respiración hasta que desapareció la última burbujita en el agua.

—¡Por fin solos! —exclamó Siruza.

—¡Qué felicidad! —suspiró Tú.

13
La fiesta

Darío Lapidario, siempre tan pesimista, solía decir que la felicidad dura lo que tarda un corcho hundido en volver a flotar en el agua. Y en este caso tenemos que darle la razón.

—¡Por fin solos! —dijimos que dijo Siruza.

—¡Qué felicidad! —dijimos que dijo Tú.

Y ahí se acabó su soledad feliz, porque las cabezas de los marineros recién sumergidos empezaron a brotar en el agua como ese corcho del que hablaba Lapidario.

—¿Qué pasa ahora? —gimió Tú.

—Nada —musitaron los hombres.

—Absolutamente… NADA.

Parecían aterrorizados.

—Es como…, como si…

—Más bien como si no…

—¿Como si no qué? —se impacientó Tú.

—Como si no… existiéramos —murmuró Darío Lapidario.

—Estas cosas sólo me pasan a mí —Tú enterró la cabeza entre las manos.

—Estas cosas… ¡Y todas las cosas, botarate! —saltó de pronto el Capitán—. He estado reflexionando y creo que ya sé cómo funciona la maquinaria de este sueño. Este sueño es tuyo y de Siruzita. Si vosotros no los soñáis, es como si los marineros no existieran. Si los perdéis de vista, no están.

—Justo lo que yo quiero —exclamó Tú—. Que no estén. Que vuelvan a la realidad y nos dejen…

—¡Basta de charla! —soltó de pronto Siruza en tono frívolo—. ¿Esto es una fiesta o una conferencia? ¡Abajo todo el mundo, o empezará a oler a sirena reseca! ¡Esta vez bajamos todos! ¡Cuadrúpedo el último!

Tú, sorprendido por el súbito entusiasmo de Siruza, se dejó arrastrar por ella al agua. Los marineros, que no se atrevían a quedarse solos, los siguieron como las cuentas de un mismo collar.

Tú no sintió ese sobresalto frío que le daba siempre al entrar en el agua. Le pareció que el mar le acogía con manos de fieltro verde y lo depositaba con cuidado en una pista submarina de baile, donde bancos de peces, medusas, anémonas, pulpos y las propias sirenas se mecían al son de una música inaudible.

Siruza bajo el agua era aún más hermosa y más grácil que en la superficie. Su cabellera roja serpenteaba en torno a ella como si tuviera vida propia. Su cola, siempre en movimiento, desprendía un resplandor tornasolado. Tú quiso decirle todo eso, pero no le salieron las palabras. Aun así Siruza lo miró sonriente y dijo:

—Gracias, Mi.

Bueno, decirlo no lo dijo. Sólo pegó su frente a la de Tú y, de pronto, Tú lo supo, como si el mensaje se le hubiera colado en el cerebro a través de la piel.

—No pongas esa cara de tonto —Siruza volvió a tocar con su frente la frente de Tú—. Es que aquí no suenan las palabras. Se disuelven en el mar y tu piel las absorbe. Como hay tanta agua, los mensajes se diluyen enseguida, así que conviene tocarse al hablar para que no se pierdan. Lo mejor es topar las frentes.

Eso estaban haciendo las sirdinas, charlatanas por naturaleza: dar testarazos a los marineros, que intentaban esquivarlas, asustados. Pero las sirenas eran más ágiles que los hombres, de modo que acabaron comunicándose con ellos pese a su resistencia, y pronto les enseñaron a hablar bajo el agua. Los marineros, encantados con el sistema, se dedicaron a repartir cabezazos a diestro y siniestro, hasta que en el agua flotó un bati-

burrillo de frases de asombro diluidas, y risas de sirena. Las risas de sirena son como burbujas que estallan al rozar la piel y hacen cosquillas.

Poco a poco los hombres, que al principio se movían de forma brusca y grotesca, empezaron a mecerse al mismo ritmo que las sirenas y los peces, como si ellos también oyeran la música del fondo del mar.

Y así transcurrió aquella primera fiesta submarina.

14
Marineros encebollados

L as sirenas volvieron a llenar de sentido las vidas de los marineros.

—Están totalmente encebollados —diagnosticó Siruza.

Y así era.

No hay nada que disguste más a una sirena que rozar una barba rasposa. Por eso ahora los muchachos se pasaban el día pidiendo a Tú que les soñara brochas, jabones, cuchillas de afeitar y lociones para después del afeitado con aroma de mejillones. Se disputaban las conchas con agujero para hacer collares a su sirena favorita. Pelaban el palmito para hacerles abanicos de hojas. Mandaban mensajes de amor enlatados, escamoteando las

latas de ese puente a medio hacer que iba de
la isla a nunca se sabría dónde. (El amor no
les dejaba ahora tiempo para las obras de
ingeniería.) Y cuando acababan de hacer estas
cosas, gritaban todos a una:

—¡Eh, Tú! ¡Queremos una fiesta submarina!

Tú y Siruza estaban hartos de soñar fiestas submarinas. Pero accedían. Como decía
el Capitán, es mejor un marinero ocupado
que un marinero lánguido. Y un marinero
enamorado es mejor aún que uno ocupado.

Y ya que hablamos del Capitán, hay que
decir que era el único que se resistía al encan-
to de las sirenas. O mejor dicho: encontraba
en ellas otro tipo de encantos, puramente
científicos. Durante las fiestas submarinas,
las observaba con atención y, de vez en cuando, topaba ceremonioso una de sus frentes
para preguntar:

«¿Pone usted huevos, señorita Lengüena?»

«¿Me podría explicar cómo funcionan sus intestinos, señorita Sirfina?»

Las sirenas se teñían de rosado. Lo encontraban muy impertinente.

Decidió abandonar el estudio de las sirenas el día en que Tiburena le mordió la mano, cuando intentaba palparle la vejiga natatoria. Desde entonces se dedicó a observar el fondo submarino. Mientras los demás bailaban, tonteaban y se daban testarazos, él caminaba por la arena del fondo tomando muestras de anémonas, algas, corales y holoturias. Cada día se adentraba un poco más en las profundidades, absorbido por sus investigaciones. Y así, en cierta ocasión, perdió de vista al grupo.

Al darse cuenta de que estaba solo sintió una punzada de inquietud, sustituida enseguida por una chispa de alegría. Dio una cabriola lenta, como son las cabriolas en el agua. ¡Ya era un soñador independiente! No sólo podía soñar con cosas que ni Siruza ni

Tú habían puesto allí para él. ¡Además podía soñarlas cuando ellos ni siquiera estaban cerca! Se aventuró un poco más en las profundidades, rodeado de una oscuridad cada vez más densa. Se detuvo allá donde el fondo marino parecía acabarse, tragado por las tinieblas. ¿Qué habría al otro lado? ¿Desaparecería el suelo y empezaría el abismo?

—Aquí estoy yo para descubrirlo —murmuró el Capitán—. ¡El primer hombre que desciende a las simas marinas!

15
Las simas marinas

En cuanto el Capitán se adentró en las tinieblas, sintió que el suelo desaparecía bajo sus pies. Empezó a caer lentamente en medio de la oscuridad más absoluta. No sólo no veía su propia mano ante su nariz, tampoco la sentía. Hasta el hormiguillo del miedo había desaparecido de su cuerpo, si es que todavía tenía cuerpo. Quiso pellizcarse los brazos para comprobar que seguían allí, pero no se atrevió a hacerlo. ¿Y si no estaban?

«¿Me estoy precipitando en las simas marinas o simplemente en la Nada?», se preguntaba. «A lo mejor no soy capaz de soñarme a mí mismo y estoy dejando de existir, como les pasó el otro día a los muchachos... ¡Pero no! Estoy pensando. Si pienso es que existo, o por lo menos sueño que existo. Pero si sueño que existo, también existo... ¿O no?»

En ésas, el Capitán aterrizó en algo no demasiado duro, pero desde luego más duro que la Nada. Eso interrumpió el enmarañado hilo de sus pensamientos. Al mismo tiempo, un resplandor tornasolado y temblón se elevó desde sus pies. Era una luz muy débil, pero suficiente para que el Capitán comprobara que su cuerpo existía todavía.

—¿Quién oooosa estorbar mi sueeeeño?

Una voz de mujer, musical y algo ronca, se difundió lentamente en el agua y se quedó allí flotando, como si fuera demasiado espesa para diluirse.

—Pe..., perdón —musitó el Capitán.

—Quienquiera que seaaaáis... ¡Me pisáis el lugar donde la espalda pierde su honesto nombre! —aquí la voz se aceleró y se hizo más aguda y cantarina—. Y encuentro que este hecho es harto embarazoso, amén de cosqui..., cosqui..., cosquillo... ¡Jijijijijiiii!

Una risa frenética se transmitió por el agua como un chorro de burbujitas, que reventaron contra la piel del Capitán, haciéndole cosquillas también a él. Intentó cambiar de lugar mientras retenía las carcajadas, pues no le parecía propio de un capitán reír en una situación semejante. Pero pisó en falso y cayó dando una voltereta.

—¡En mi aleta caudal noooo...! —gritó la criatura—. ¡Jijijijiiii!

Otra vez las burbujas. El Capitán retrocedió varios pasos, retorciéndose de cosquillas.

—¡Tampoco en la axilaiii...! ¡Jijijiii! —chilló la criatura.

El Capitán dio un saltito a la derecha, desternillado de risa.

—¡Ahí no, por piedad...! ¡Jijijiii!

Los lugares que el Capitán pisaba se iban iluminando tenuemente y temblaban sacudidos por las carcajadas de la misteriosa criatura. El pobre hombre hipaba de risa, corre-teaba, subía y bajaba, resbalaba y trepaba, buscando un sitio donde su presencia no pro-dujera cosquillas, y por tanto, tampoco bur-bujas. Ya empezaba a perder el resuello cuando la voz dijo en un suspiro:

—Retornad pues al lugar donde mi espal-da pierde su honesto nombre. Bien pensa-do, creo que es donde menos cosquillas tengo.

El Capitán se vio propulsado hasta aquel sitio sin saber cómo. Recuperó como pudo la compostura, se estiró la casaca y se ende-rezó la gorra.

—Con... ¿Con quién tengo el gusto de hablar? —preguntó luego.

—Soy... ¿Quién soy? Llámanme... ¿Cómo me llaman? —la criatura guardó un largo silencio y, cuando volvió a hablar, su voz era de nuevo ronca, lenta y como pesada—. Noo-oo me llaaaman. Es el problema con las sire-nas abisaaales... No tenemos mucha vida sociaaal.

—¿Es usted una sirena abisal? —exclamó el Capitán, entusiasmado—. ¡Eso es maravilloso!

Que él supiera, era el primer ser humano que se sentaba en el trasero de una sirena abisal.

—¡Me azoráis toda con vuestras palabras! —replicó la sirena, halagada—. Pero supongo que no os falta razón. Las sirenas abisales somos bastante maravillosas.

De la satisfacción, un leve fulgor se extendió por todo su cuerpo inmenso y el Capitán pudo verla entera. Yacía tumbada boca abajo, medio enterrada en la arena, con la cabeza ladeada, y le miraba con el rabillo de un ojo enorme y redondo. Además de gigantesca, el Capitán la encontró un poco obesa. Supuso que sería por la falta de ejercicio.

—Vuestro semblante me resulta familiar —dijo la sirena contemplándole a la luz que desprendía su propio cuerpo—. ¿Por ventura nos habremos visto antes?

—Esto… No creo haber tenido ese gusto —tartamudeó el Capitán—. Si la hubiera visto, no la habría olvidado.

La sirena tomó aquello como un cumplido. Sonrió y su cuerpo se iluminó más intensamente. Estaba claro que le gustaban los halagos. El Capitán se moría de ganas de descubrir más cosas sobre ella, pero tras el mordisco de Tiburena se había vuelto muy cauto en su trato con las sirenas, así que decidió recurrir a las zalamerías para interrogarla.

—¡Es fascinante ese fulgor suyo! —exclamó—. ¡Cómo me gustaría poderme iluminar así!

La sirena relumbró de satisfacción, pero replicó con modestia:

—Os engañaría si os dijera que me ilumino a voluntad. Las sensaciones fuertes y las emociones violentas me iluminan sin que nada pueda hacer por evitarlo. Y me apagan el desaaaánimo y el aburrimieeeeento… —concluyó arrastrando cansinamente la voz.

—Oh, pero no creo que una criatura como usted pueda estar desanimada o aburrida… —replicó el Capitán.

—En cinco siglos de vida hay tieeempo para tooodo —replicó la Sirena.

—¡Cinco siglos!

—Tampoco son tantos —saltó la sirena, picada—. ¿Acaso me encontráis muy vieja?

—¿Vieja? En absoluto —se apresuró a decir el Capitán—. Experimentada en todo caso. ¡La de cosas que habrá vivido en ese tiempo!

—¿Verdad que sí? —exclamó la sirena. Pero luego pareció pensarlo mejor y añadió con pesadumbre—: O más bien, nooooo. A decir verdad, noooo acaecen muchas cooooo-sas en los abiiismos.

La intensidad de su resplandor se rebajó unos cuantos vatios.

—Claro, claro, lo entiendo. La suya será más bien una vida contemplativa…

—En esta oscuridad nooo es tarea fáaacil

contemplaaar... —el fulgor de la sirena disminuyó otro tanto.

—Quiero decir... Una vida meditativa —se corrigió el Capitán—. Seguro que este silencio y esta oscuridad son el ambiente ideal para meditar sobre las cuestiones importantes de la vida.

—Sí, tenéis razón. Yo medito mucho —la sirena, animada de nuevo, emitió unos destellos y aprovechó para observar más atentamente al Capitán—. ¿En verdad no nos conocemos, caballero?

—No, no, señora, y créame que lamento no haberla encontrado antes, pues la encuentro sumamente interesante. Por ejemplo, ardo en deseos de saber a qué importantes conclusiones ha llegado usted después de tanto meditar.

En el silencio que siguió, la sirena se fue apagando del todo. Cuando habló, su voz sonó abrumadoramente triste, pero muy armoniosa. Algo así como una marcha fúnebre.

—¿Conclusiooones? Tal vez llegué en su

día a importantes conclusiooones, mas si así fue, ya no las recueeerdo. Yooo, amén de meditar muuucho, olvido muuucho.

—¡Está bien olvidar, mujer! —intentó animarla el Capitán—. No hay que vivir en el pasado, sino mirar hacia el futuro.

—¡Ay! ¿Y cuál es mi futuro? ¡Otros cinco siglos en la oscuridad esperando que algo rompa la monotonía de mis días! —la voz de la sirena se quebró—. ¡Pardiez, intruso! ¿Por qué tuvisteis que venir? ¡Yo vivía satisfecha! ¿Por qué habéis tenido que aparecer vos para decirme cuán vacía es mi existencia?

El cuerpo de la sirena se vio sacudido por descomunales sollozos. El Capitán intentaba mantener el equilibrio sobre su trasero, como quien galopa en un caballo salvaje.

—No se ponga u-u-u-sted así-ii, A-a-a-a-bi... —suplicó, con la voz entrecortada por el meneo, el esfuerzo y la pena.

—¿Abi? —repitió la sirena—. ¿Me ha llamado Abi?

—Abi…, por abisal —tartamudeó el Capitán—. Espero que no le moleste que me haya tomado la confianza de llamarla así…

—No me molesta, intruso mío —contestó la sirena, iluminándose tenuemente y dejando de llorar.

—¿Ve? Así está usted mucho mejor, un poco encendida —dijo el Capitán—. Se pone tan bonita cuando refulge…

La palabra «bonita» la hizo refulgir aún más.

—Pues tendríais que verme cuando me enciendo del todo —añadió coqueta.

—¡Lo que daría por ver eso…, Abita!

—Para que me ocurra es menester una emoción muy intensa —replicó Abi, encendiéndose por momentos—. La pasión del amor… El dolor de la muerte… La conmoción de un naufragio… ¡Ay! —chilló de pronto—. ¡Un naufragio!

Se encendió toda de golpe, como los miles de bombillas de las casetas de la Feria de Abril en Sevilla. Desprendía una luz tan cegadora que el Capitán tuvo que cerrar los ojos. Cuando volvió a abrirlos, las tinieblas de las simas marinas se habían disipado.

—¡Ay, infeliz! —gemía Abi—. Ahora recuerdo dónde os he visto antes.

Se incorporó apenas y señaló algo con una mano gordezuela, fosforescente y temblorosa. El Capitán vio que un barco descansaba no muy lejos de allí, tumbado de costado en el fondo del mar. SU barco.

16
El terrible hallazgo

El Capitán tardó un buen rato en recuperar el habla.

—¿Quiere usted decir que me ha visto… dentro de ese barco? —tartamudeó al fin.

—Mucho me pesa, pero así es —susurró Abi—. Os vi con tanta claridad como ahora os veo, pues soy muy sensible a los naufragios y me encienden en grado sumo.

—¿Estaba solo? —preguntó ansioso el Capitán.

—No. Había otros hombres. Parecían dormir, con sus ojitos cerrados y sus boquitas de clavel sonrientes… ¡Angelitos! Mas no habéis de tener celos, pues desde el primer momento fuisteis mi favorito. ¡Lucíais tan apuesto tocado con vuestra gorra…!

El Capitán no respondió. Había escondido la cara entre las manos y sentía que una
pena inaguantable pesaba sobre él. ¿O sería
la presión de toda el agua que había sobre su
cabeza? ¿Cuánta sería esa presión? Si supiera a cuántos metros de profundidad estaba,
podría calcularla. ¡Al diablo! ¿Qué le importaba la presión a un ahogado?

Cinco sirenitas te llevarán
por caminos de algas y de coral...

Levantó la cabeza. La voz cristalina que
llegaba cantando por el agua pareció acari-
ciarle la espalda. Pero tras ella vinieron otras,
molestas, que se le clavaron como chinitas.
   —¡Capitáaaaan!
   —¡Ca-piiii!
   —¡Que le busque su abuela! Ése se ha ido
a la realidad sin nosotros.
   —¡Vamos a volver! Esto es tan horrible
como la Nada.

—¡No digas eso!

—No dejes de cantar, Siruza, que estoy que no me siento...

—¡Pero canta algo más alegre, mujer, que bastante lúgubre es ya esto!

—Yo veo luz ahí abajo.

—¿Luz? Las ganas que tienes, chico.

—Te digo que sí.

Doña Abi tenía la piel muy gruesa, y eso la hacía un poco dura de oído, pero también ella acabó por percibir las voces.

—¡Se acercan más intrusos! —exclamó.

—¡Es mi tripulación! —exclamó el Capitán.

—¿Vuestra tripulación? —repitió doña Abi—. ¿Queréis decir... los angelitos del barco?

—¡No los llame así, doña Abi! —murmuró el Capitán, con un escalofrío.

—¡Es verdad! ¡Hay luz en el fondo! —de lo alto llegó la voz de Pepón Camorra.

—¡Tiene usted que apagarse inmediatamente, Abi! —la apremió el Capitán—. Si no, los muchachos localizarán el barco hundido. Y no quiero que eso ocurra.

—Pero… Yo no puedo apagarme según mi capricho —protestó Abi, alborotada—. Mucho me importunáis con vuestras exigencias. Que me encienda, que me apague… Soy una sirena, no una bombilla, y todavía me hallo presa de una emoción muy intensa… Necesito tiempo para apagarme naturalmente.

—¿Como cuánto tiempo?

—No sabría decir… Un rato… Una semana… Tal vez un mes… Lo que tarde mi ser en volver a la calma y a la indiferencia.

—¡Yo también veo la luz!

—¿Qué será?

Las voces de los marineros llegaban ahora muy claras, apenas diluidas. El Capitán miró hacia arriba. Las siluetas de los hombres y de Siruza se recortaban contra el halo de luz provocado por Abi. Bajaban describiendo círculos en un gran corro, con las manos enlazadas.

—¡Tiene que existir un método para que se apague usted de golpe! —gimió—. ¡Por lo que más quiera, piense en algo aburrido!... Recítese la tabla del siete, la lista de los reyes godos, las preposiciones, las partes del estómago de la vaca...

—¡No me pongáis nerviosa, que es peor! —chilló Abi.

Y, en efecto, al Capitán le pareció que relumbraba todavía un poco más, si acaso era posible. Eso le dio una idea. Era una idea arriesgada, quizá disparatada, quizá genial. Para saber si era lo uno o lo otro tendría que ponerla en práctica, y eso al Capitán, dado su carácter, no iba a resultarle fácil.

—Abi, eeh..., escuche —tartamudeó—. Ahora que estamos solos tengo que confesarle una cosa... —el Capitán sintió que la cara le ardía de vergüenza, se preguntó si reluciría como el cuerpo de la sirena—.

Ejem... Esto... Ardo de pasión por usted, ea.

El resplandor de Abi se volvió tan intenso que el Capitán se tuvo que tapar los ojos con la gorra. Pero no dejó de hablar.

—Mi vida no tenía sentido hasta que la he conocido —continuó—. Casi doy gracias a este naufragio que nos ha hecho encontrarnos...

La sirena respiraba ahora muy deprisa. Abrió la boca como para decir algo, pero no le salieron las palabras. Toda la energía de su cuerpo parecía concentrada en hacerla llamear más y más.

—Le estoy hablando de un amor profundo, intenso, abisal, elevado a la enésima potencia... —el Capitán se estaba inspirando por momentos.

No hizo falta más. El chispazo fue tal que al Capitán se le chamuscó el fondillo de los pantalones. Y tras el chispazo, volvió la oscuridad total. El Capitán lo había conseguido.

Había sobrecargado el sistema eléctrico de la pobre Abi hasta provocar un cortocircuito. Sintió una oleada de orgullo, barrida enseguida por otra de inquietud.

—¿Se encuentra usted bien, Abi? —preguntó con voz ansiosa.

Tras un largo silencio, ella respondió con voz trémula:

—Mejor que nunca, intruso mío.

Y a continuación, los dos volvieron a sentir las voces, ya muy cerca, por todas partes.

—¡Se fue la luz!

—¡Ay! ¡No dejes de cantar, Siruza!

—¡Cómo huele a chamusquina!

—¡Tierra, he pisado tierr…!

—¡Jijijiiiiii! ¡En mi aleta caudal no, por piedad!

Los marineros acababan de aterrizar en Abi.

Al sentir tantos pies cosquilleando su cuerpo, la sirena empezó a producir chorros de burbujas de risa, que cosquillearon a su vez a los marineros. Los pobres reían por el hormiguillo, gritaban y corrían por el pánico, chocaban entre sí en las tinieblas abisales. Al Capitán le costó un buen rato y muchas voces tranquilizar a sus muchachos:

—¡No tengáis miedo! Estáis sobre Abi, una encantadora e inofensiva sirena abisal. Os la voy a presentar. Abi, éstos son...

—¡Ay, ya lo sé! ¡Los angelitos! —gimió Abi.

El Capitán pellizcó sus posaderas a modo de advertencia.

—¡Ay, no! —se corrigió Abi—. ¡Angelitos! ¿Quién dijo esa palabra?

—Abi y yo somos muy buenos amigos... —dijo el Capitán.

—¡Más que eso! —exclamó Abi—. Somos...

Volvió a sentir un pellizquito del Capitán, que no quería que sus hombres supiesen que andaba haciendo la corte a una sirena obesa de quinientos años.

—Lo siento, angelitos, es un secreto…
—rectificó la sirena, encantada. Un amor
secreto le parecía aún más romántico que
uno normal—. No te preocupes, intruso mío.
Mi boca será una tumba… —sintió un nuevo pellizco del Capitán—. ¡Tumba! ¿Quién
dijo esa horrible palabra?

El Capitán empezaba a sospechar que la
discreción no era una virtud propia de las
sirenas abisales. Decidió alejar de allí a sus
muchachos antes de que a Abi se le escapa-
ra algo sobre el barco hundido.

—Bueno, señorita Abisal, mi tripulación y
yo tenemos que irnos —empezó—. Ha sido
un placer conocerla y espero que volvamos a…

—¿Que te vas? —repitió Abi sin creer lo
que oía—. ¿Después de lo que acabas de
decirme…, te vas?

—Soy ante todo un Capitán, señorita Abi.
Mis hombres me necesitan.

—¡Yo también te necesito! ¿Y lo nuestro?

—Lo nuestro es imposible, acabo de darme cuenta —balbució el Capitán—. Es usted una criatura maravillosa, pero todo nos separa: nuestros nichos ecológicos, nuestros ritmos vitales, nuestros sistemas respiratorios, nuestra talla de pantalones...

—Yo no uso pantalones —barbotó Abi.

—¿Lo ve? Todo nos separa, Abita —dijo el Capitán, y luego voceó—: ¡Muchachos! ¡Volvemos al islote! ¡Daos todos las manos!

Un montón de pies masajeó el cuerpo de la pobre Abi, mientras los marineros se buscaban unos a otros en la oscuridad. Pero esta vez ni siquiera sintió cosquillas.

—¿Por qué habéis sido tan cruel conmigo, oh intruso? —murmuró—. ¿Por qué habéis jugado con mis sentimientos y la ingenuidad de mis pocos años?

El Capitán se sentía un canalla, pero se hizo el sordo. El bienestar de sus hombres estaba por encima de todo.

—¿Listos, muchachos? Vamos a elevarnos.

Ya los marineros pataleaban en la oscuridad, ya se alejaban de la pobre e indiscreta Abi y de la tremenda realidad cuando...

—¡Ay! —chilló la sirenota—. ¡Ya sé por qué lo has hecho, intruso! Soy abisal, soy lenta, soy olvidadiza... ¡Pero no soy tonta! ¡Me declaraste tu amor sólo para fundirme! ¡Porque no querías que los angelitos vieran el...! ¡No! ¡No lo diré! Para que veas que mi amor por ti es sincero, ¡oh ingrato! Los angelitos no conocerán su triste destino por mi boca.

Los angelitos en cuestión dejaron de patalear.

—¡Y dale con los angelitos!

—¿Qué angelitos?

—¿Qué triste destino?

—¿Qué dice esa loca?

Abi apretó los labios. Pero, en ese instante, el tremendo desengaño que acababa de sufrir produjo un chispazo en su gigantesco corazón. Justo lo que necesitaba su sistema eléctrico para volver a funcionar a máxima potencia.

17
El Destino

La visión de su barco hundido paralizó de horror por un momento a los marineros. Pero enseguida una fuerza más poderosa que el espanto los empujó a caminar hacia él. También Tú echó a andar junto a los demás, como hipnotizado, al tiempo que intentaba desoñar el barco con todas sus fuerzas. Pero la nave seguía allí, cada vez más grande, cada vez más cerca.

—¡No entréis! —la voz de Siruza cortó el agua a sus espaldas—. Si entráis en ese barco…, será la última cosa que hagáis en vuestras vidas.

Los marineros se pararon un momento.

—¿Qué quieres decir? —preguntó Lapidario.

Siruza habló sin mirar a nadie, la voz entrecortada por la pena.

—Vuestro barco está hundido en la realidad igual que en el sueño.

—¿Hundido? ¿Cómo puede ser eso?

—¿Os acordáis de la noche en que os colasteis todos en el sueño de Tú?

Los marineros asintieron.

—Esa noche, mientras dormíais... —prosiguió Siruza.

—¡No sigas! ¡Mientras dormíais el barco quedó sin vigilancia, panda de irresponsables! —bramó el Capitán—. ¡Seguro que chocó contra otro barco y se fue a pique!

—No chocó contra otro barco... —musitó Siruza—. Chocó contra mi islote. Aquello que llamamos el maremoto..., no fue un maremoto.

—¡Contra tu islote! —gimió el Capitán—. Entonces, ¡yo fui el irresponsable! ¡Yo mismo llevé a mi barco y a mis hombres a la perdición! ¡Yo puse rumbo a tu isla para saber si eras real...! ¡Una isla casi invisible, que no figura en las cartas de navegación! El naufragio fue por mi culpa...

—Fue culpa de los que abandonaron sus puestos —intervino el Tostao.

—Fue la Fatalidad —declaró Lapidario.

—¡Lo que sea! —se impacientó Abel Agallas—. El caso es que naufragamos. ¿Qué fue de nosotros entonces?

—Corrimos a los botes salvavidas, ¿verdad? —se apresuró a decir Veleta.

—No —murmuró Siruza—. Estabais dormidos, soñando. Seguisteis soñando en el barco hundido, bajo el agua. Y seguís soñando ahora.

La tripulación asimiló la noticia de manera bastante ruidosa y dramática. Mientras los marineros gritaban, gemían, se pellizcaban y se mesaban los cabellos, Tú se volvió hacia Siruza.

—¿Y tú, Siruza? —murmuró—. ¿Qué te pasó a ti en el choque?

—Nada, apenas un rasguño... —la sirena se acarició la cicatriz de la ceja.

—Entonces tú estás viva. Puedes irte a la realidad cuando quieras —exclamó Tú—. ¿Por qué no te vas?

—Ya me fui una vez... —empezó Siruza.

Tú se acordó con espanto de cuando Siruza los había dejado solos en el sueño.

—Vi lo que había pasado... —prosiguió la sirena—, y decidí volver al sueño.

—Sin decirnos nada... —murmuró Tú.

—¿De qué os servía saberlo? —Siruza se encogió de hombros.

—Es muy bonito lo que has hecho por nosotros, pero... —Tú tragó saliva—. Ya es hora de que vuelvas a la realidad tú que puedes.

—¿Para qué quiero la realidad? Estoy bien aquí —Siruza le sonrió—. En cierta manera las sirenas no somos muy reales.

—¡Pero nosotros sí que somos reales! —aulló de pronto Veleta.

—¡Queremos vidas reales! —berreó Camorra.

—Me temo que eso no va a ser posible —murmuró el Capitán—. Si mis cálculos son correctos, seguiremos soñando por siempre jamás, porque ya no tenemos dónde despertar.

Los hombres pararon de gritar y mesarse los cabellos y se dejaron caer en la arena del fondo submarino, anonadados.

—Realidad, sueño, ¿qué más da? —intentó animarlos Siruza—. Disfrutad de lo que tenéis. ¿No sois felices junto a mis amigas sirenas?

Al pensar en las sirenas, los marineros se estremecieron. ¡Sólo en sueños podían haberlas querido! Y ya ni en sueños podrían hacerlo. ¿Cómo iban a pasar la eternidad junto a una mujer pescado? ¿Y si un día tenían una hija con cola de pescadilla? ¡Ay! Con qué dolor recordaron de pronto a sus familias, en las que hacía tanto que no pensaban. ¡Qué no habrían dado por ver un instante a sus madres y novias que habían quedado en tierra! Ahora que sabían que no volverían a verlas, las encontraban maravillosas, infinitamente mejores que la más encantadora de las sirdinas. El sueño en que vivían, en cambio, les parecía insulso y absurdo. Más que eso: al pensar que iba a durar para siempre, se les empezó a hacer insoportable.

Abel Agallas fue el primero en decir lo que todos pensaban:

—Prefiero estar muerto de verdad que estar vivo así, que ni fu ni fa.

—Y que lo digas, chico —el Tostao se levantó y se colocó junto a él.

—Yo pienso lo mismo —dijo el Esponja, alineándose con los otros dos.

—Y yo.

—Y yo.

—Y yo.

—Y yo.

Pero tras esa oleada colectiva de decisión,

los marineros miraron desamparados a su Capitán. Estaban demasiado acostumbrados a recibir órdenes para obrar por sí mismos.

El Capitán suspiró tristemente. De buena gana se habría quedado explorando el fondo del mar por toda la eternidad. Tampoco le disgustaba la idea de pasar más tiempo tumbado en las mullidas posaderas de Abi. Pero era un hombre muy consciente de sus responsabilidades, y se sentía culpable de la suerte de sus hombres. De modo que se estiró la casaca, se enderezó la gorra y habló con solemnidad:

—Como Capitán vuestro, es mi deber guiaros adonde queráis ir. Os acompaño a la realidad si ése es vuestro deseo. Al fin y al cabo... ¿Qué valor tienen mis investigaciones científicas si el mundo nunca llegará a conocerlas? —suspiró tristemente—. Ahora entraremos en el barco y allí nos toparemos con la realidad: nuestros cuerpos... Nuestros cuerpos...

—...ahogados —le ayudó Lapidario.

—…Y cuando la realidad y el sueño se encuentren… —el Capitán se detuvo a escoger cuidadosamente las palabras— …habremos cumplido nuestro destino.

—¡Esñig! —sollozó Abi a sus espaldas.

El Capitán se volvió, se quitó la gorra y se despidió de ella con voz ronca de emoción.

—Abi, conocerla ha sido un placer inmenso…, y lo digo sin doble sentido. Espero que llegue a perdonarme y comprenderme. Siruzita… —se volvió ahora hacia Siruza, que ocultaba su cabeza entre las manos—. Gracias por todo, llévame en tus pensamientos… ¡Muchachos! En marcha.

El grupo de hombres echó a andar hacia el barco, dispuesto a cumplir su destino.

¿Y Tú?

Tú no estaba en el grupo, pero nadie lo echó de menos, igual que le ocurría antes, fuera del sueño. Nadie vio que se había acurrucado sobre la arena, con los ojos cerrados y las manos sobre las orejas. Se mecía a sí mismo y se tarareaba una canción que su madre le cantaba de niño, para no oír y no pensar. Al principio, por mucho que apretaba los párpados, seguía viendo el resplandor que salía de Abi. Pero en algún momento, todo se puso negro. Quizá la sirena abisal, abrumada de tristeza, había vuelto a fundirse. O quizá Tú había conseguido su objetivo y se había quedado dormido.

18
El accidente

—¡Venid, que está aquí!
—¡Ayuda!
—Apartad esas latas. ¡Con cuidado, botarates! —ordenó un vozarrón—. Le estáis
pisando.
Tú sintió una luz que le cegaba.
—¡Ha abierto un ojo!
Le rodeaban muchas caras ansiosas, preo-
cupadas, esperanzadas.
—¿Estás bien?
Tú intentó moverse y no pudo. Sintió un
ruido de chatarra y un montón de aristas que
se clavaban en su cuerpo. Estaba enterrado
hasta el cuello en una montaña de latas. Mirando de reojo alcanzó a ver su mano, que sobre-
salía un poco más allá aferrada a un palo.

—Chico, qué susto nos has *dao*. Al principio ni te veíamos.

—Yo enseguida he sabido dónde estaba —dijo el del vozarrón, golpeando la gorra de visera que le cubría la cabeza—. En cuanto he visto la escoba me he dicho: «Donde está la escoba, está el barrendero».

Tú se dio cuenta de que el palo que sujetaba era en realidad un escobón de barrer.

—¿Y quién es el barrendero? —preguntó.

—Pues tú, botarate —gruñó el de la gorra, que parecía el jefe del cotarro.

—¿Y vosotros quiénes sois? —preguntó.

—¡Toma! Pues tus compañeros.

—Tus amigos.

—Con amigos así, no hacen falta enemigos —murmuró un hombre mayor de aspecto sombrío que no había hablado hasta entonces.

—¿Lapidario? —murmuró Tú, mirándole con curiosidad.

—Don Darío López, y de usted, si no te importa —respondió el hombre—. Soy el veterano del equipo y merezco un respeto.

—¿Y nosotros? ¿Tampoco sabes quiénes somos? —preguntaron los demás.

Casi pegaron sus caras a la de Tú, como si eso pudiera ayudarle a reconocerlos.

—¿Tostao?... ¿Agallas?... ¿Esponja?... ¿Veleta?... ¿Pepón?... —balbució Tú, mirando aquellos rostros alternativamente, y sin saber de dónde sacaba esos nombres.

—No has *dao* ni una, chico —murmuró el que no se llamaba Tostao.

Los hombres lo miraron con aire compasivo.

—Amnesia —diagnosticó don Darío—. Un golpe en la cabeza. Mal asunto.

—Mejor que no se acuerde de vosotros —gruñó el jefe—. Así no recordará que le habéis vaciado encima el contenedor.

—¡Fue un accidente! —protestó el que no se llamaba Agallas.

—¡Chitón! ¡Creo que he oído una sirena! —le interrumpió el jefe.

—¿Una sirena? ¿Dónde? —exclamó Tú con el corazón aporreándole el pecho.

Contuvo la respiración y aguzó el oído para escucharla él también. Esperaba oír una voz melodiosa, pero en su lugar escuchó un estruendo infernal y vio un vehículo que se acercaba a toda velocidad lanzando destellos.

—¿No os lo dije? —dijo el jefe—. Ya está aquí la ambulancia.

La médico del hospital examinó con el ceño fruncido una radiografía del cráneo de Tú.

—¿Te acuerdas de cómo te llamas? —le preguntó.

—Tú —balbució Tú.

—No, yo no. Tú.

—Pues eso… —vaciló Tú—. Tú. También hay quien me llama Éste, o Ése o… Mi.

Al decir «Mi», sintió una punzada en las

costillas, lo que tampoco es raro, porque se había roto tres.

Le contaron que trabajaba en el servicio de recogida de basuras. Que había sufrido un accidente cuando sus compañeros vaciaban el contenedor de latas usadas en un camión. Tenían que suspender el contenedor en el aire con una grúa y vaciarlo sobre la caja del camión pero, por un pequeño error, lo habían vaciado encima de Tú. Ahora venían a verle todos los días al hospital. Le traían latas de cerveza, galletas caseras algo requemadas y, el jefe, libros sobre el reciclado de basuras. Pero pese a tantas atenciones, Tú, al que todos se empeñaban en llamar Manolo, estaba triste y desanimado. Ni siquiera quería levantarse de la cama.

Hasta que un día la mujer del jefe, una señora dicharachera y gordísima, se empeñó en llevarle de paseo por el hospital.

—Te hará bien un cambio de aires —decidió.

Le agarró de la mano, le hizo recorrer pasillos interminables, le habló sin parar de cosas que Tú no escuchaba... Y le dejó plantado frente a la puerta de un ascensor. Que se le había hecho tarde, dijo, y desapareció.

Tú llamó al ascensor sin saber por qué. En realidad no quería ir a ningún sitio. Cuando la puerta se abrió, vio dentro a una chica sentada en una silla de ruedas. Tenía el pelo enmarañado y rojizo, la cara pálida, los ojos redondos y asombrados, una venda sobre el ojo izquierdo. Pese al calor, llevaba las piernas ocultas por una manta escocesa.

—¿Subes o bajas? —tartamudeó la chica.

—Esto... Lo que tú hagas —tartamudeó Tú colándose dentro.

En el ascensor olía a mar. Y un poquito a cebolla.

Autora:
Paloma Bordons nació en Madrid en 1964. Estudió Filología Hispánica y siempre se ha dedicado a escribir, sobre todo cuentos y novelas para niños. Entre 1992 y 1994 vivió en Bolivia y colaboró con la Secretaría Nacional de Educación de este país. Después trasladó su residencia a Suiza y, finalmente, a Inglaterra, donde vive actualmente. Ha ganado diversos premios importantes, como el Premio Barco de Vapor o el Premio EDEBÉ de Literatura Infantil por *Mi abuelo el Presunto*.

Ilustradora:
Rocío Martínez nació en Madrid en 1966. Es licenciada en Bellas Artes, en la especialidad de grabado. Desde 1990 se dedica profesionalmente a la ilustración de libros infantiles y juveniles, y trabaja con distintas empresas del sector. Ha recibido varios premios de ilustración y, en dos ocasiones, el Accésit del Premio Lazarillo.

COLECCIÓN TUCÁN

Serie Verde (+10)